雨がしくしく、ふった日は

6月のおはなし

森 絵都 作
たかおゆうこ 絵

講談社

1　あじさいのなみだ

クマのマーくんは、雨《あめ》がふると、こまったなあ、と思《おも》います。

しとしと、しとしと、大地《だいち》をぬらす雨《あめ》の音《おと》が、マーくんの耳《みみ》には、「しくしく、しくしく。」と、聞《き》こえるのです。

しくしく　しくしく
しくしく　しくしく
雨《あめ》がふるたびに、どこかでだれかがないている気《き》がして、落《お》ちつきません。
六月《がつ》は、とくにたいへんです。梅雨《つゆ》のあいだ、ずっと雨空《あまぞら》が続《つづ》くせいで、マーくんにはホッとできるときがないのです。
「ああ、今日《きょう》も聞《き》こえる。しくしく、しくしく。気《き》になるなあ。」
朝《あさ》から雨《あめ》がふっていたその日《ひ》も、マーくんの耳《みみ》はぴくぴく、ぴくぴく、少《すこ》しもじっとしていません。

こんなとき、マーくんは気分《きぶん》てんかんに、ごろりんジムへ出《で》かけます。ごろりんジムというのは、マーくんが見《み》つけた、大《おお》きなほらあな。そのなかでなら、雨《あめ》の日《ひ》だって、ぬれずに運動《うんどう》ができるのです。

さっそく、ごろんごろんと、でんぐりがえりを二十回《かい》。

ごろーんごろーんと、うしろがえりを五回《かい》。

こう見《み》えて、マーくんはなかなかのスポーツマンなのです。

ただし、練習中《れんしゅうちゅう》の

横《よこ》でんぐりがえりは、
まだ成功《せいこう》したことがありません。
ごろーんごろ……ごろ……ぱたん。
「あーあ。また失敗《しっぱい》かあ。」
地面《じめん》にねころぶマーくんの耳《みみ》に、
しくしく、しくしく、
また聞《き》こえてきます。
「ああ、やっぱり、気《き》になる。
じっとしてられないし、運動《うんどう》もしてられない！」
けっきょく、マーくんは今日《きょう》もお気《き》にいりのかさをさし、
なき声《ごえ》のぬしをさがしに行《い》きました。

しくしく　しくしく
しくしく　しくしく
「ないているのは、だれですか。
かなしいのは、だれですか。」
木《き》の葉《は》っぱも、地面《じめん》の草《くさ》も、土《つち》も、
すべてが雨《あめ》にしめった森《もり》のなかを、
マーくんはてくてく歩《ある》きまわります。
「わたしは、ないていないよ。
マーくん、いつもおつかれさん。」
木《き》のうろから顔《かお》を出《だ》したのは、
リスです。

「ぼくは、いつだって
わらっているよ。」
と、ふくろう。

「あたしは、生《う》まれていちども
ないたことないわ。」
と、のねずみ。

「うそつきめ！」
いっせいにさけんだのは、小鳥《ことり》たちです。

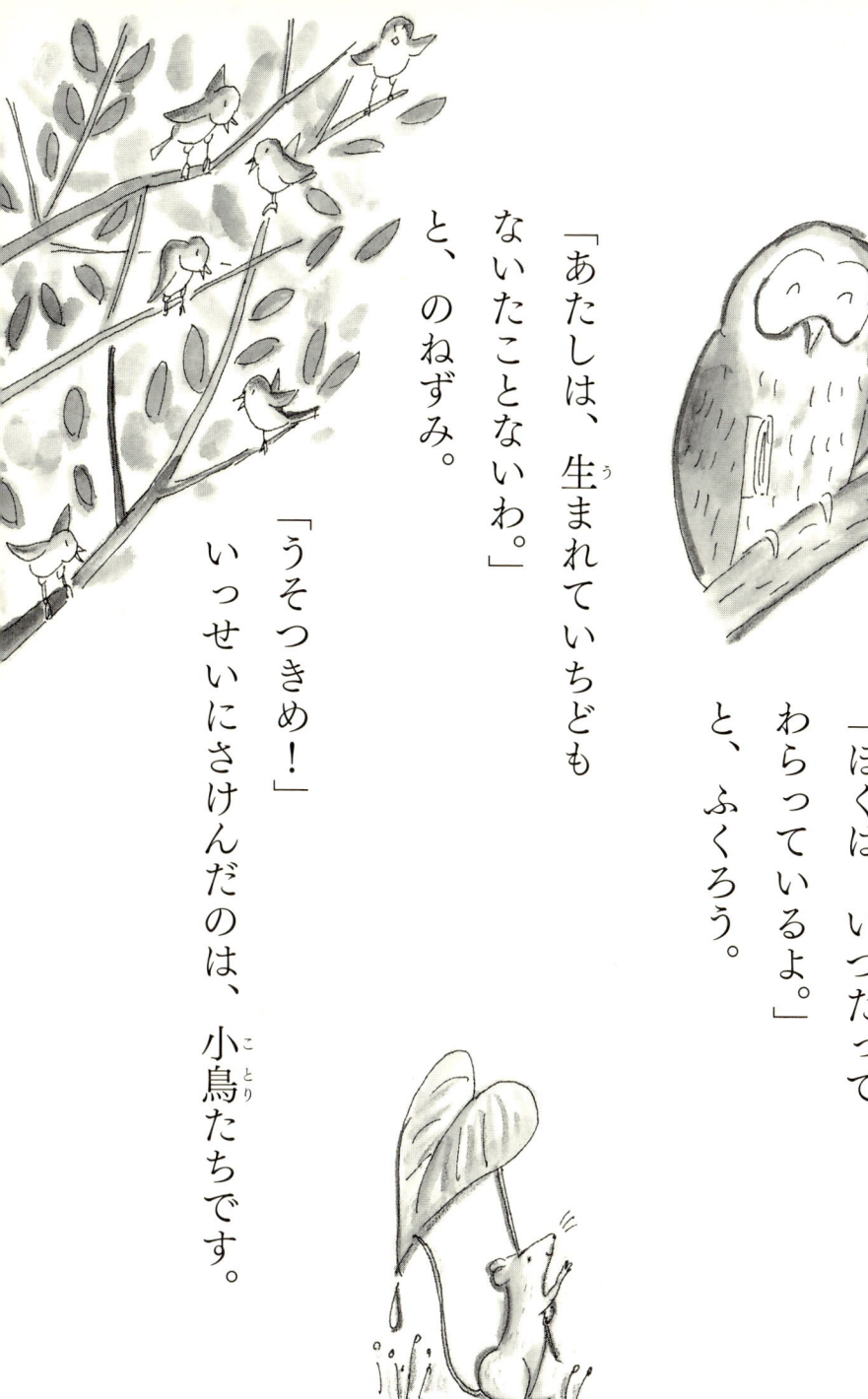

森《もり》のみんなにあいさつをしながら、なき声《ごえ》のするほうへと進《すす》んでいくうちに、マーくんはあじさい畑《ばたけ》に着《つ》きました。あざやかな青《あお》、水色《みずいろ》がかった青《あお》、むらさきっぽい青《あお》。さまざまな青色《あおいろ》のあじさいがさきほこる、それはそれは美《うつく》しい畑《はたけ》です。なき声《ごえ》はそこから聞《き》こえてきます。

「こんにちは。ないているのは、だれですか。」

「あたしよ。ここよ。」

マーくんのよびかけに答《こた》えたのは、いちばんすみっこにひっそりさいている、小《ちい》さな花《はな》のひとふさでした。

「あじさいさん、どうしてないてるの？」

「だって、あたしだけ、みんなと色《いろ》がちがうんだもの。」

すみっこでうなだれているその花《はな》は、とてもうすい緑色《みどりいろ》。青《あお》あおと色《いろ》づいているほかの花《はな》たちとは、たしかに色《いろ》がちがいます。

「あたし、さびしくて、かなしいの。みんなはとっくに青《あお》くなったのに、あたしだけ、緑《みどり》のままなんて。」

「あせらなくても、そのうち、変《か》われるよ。それに、みんなと色《いろ》がちがったって、きみはきみだし、いいじゃない。」

マーくんのはげましに、緑《みどり》の花《はな》はゆさゆさと、花《はな》びらをゆらして言《い》いました。

「じゃあ、マーくんは自分《じぶん》だけ、ほかのクマと色《いろ》がちがっても、へいきなの？」

「えっ。」

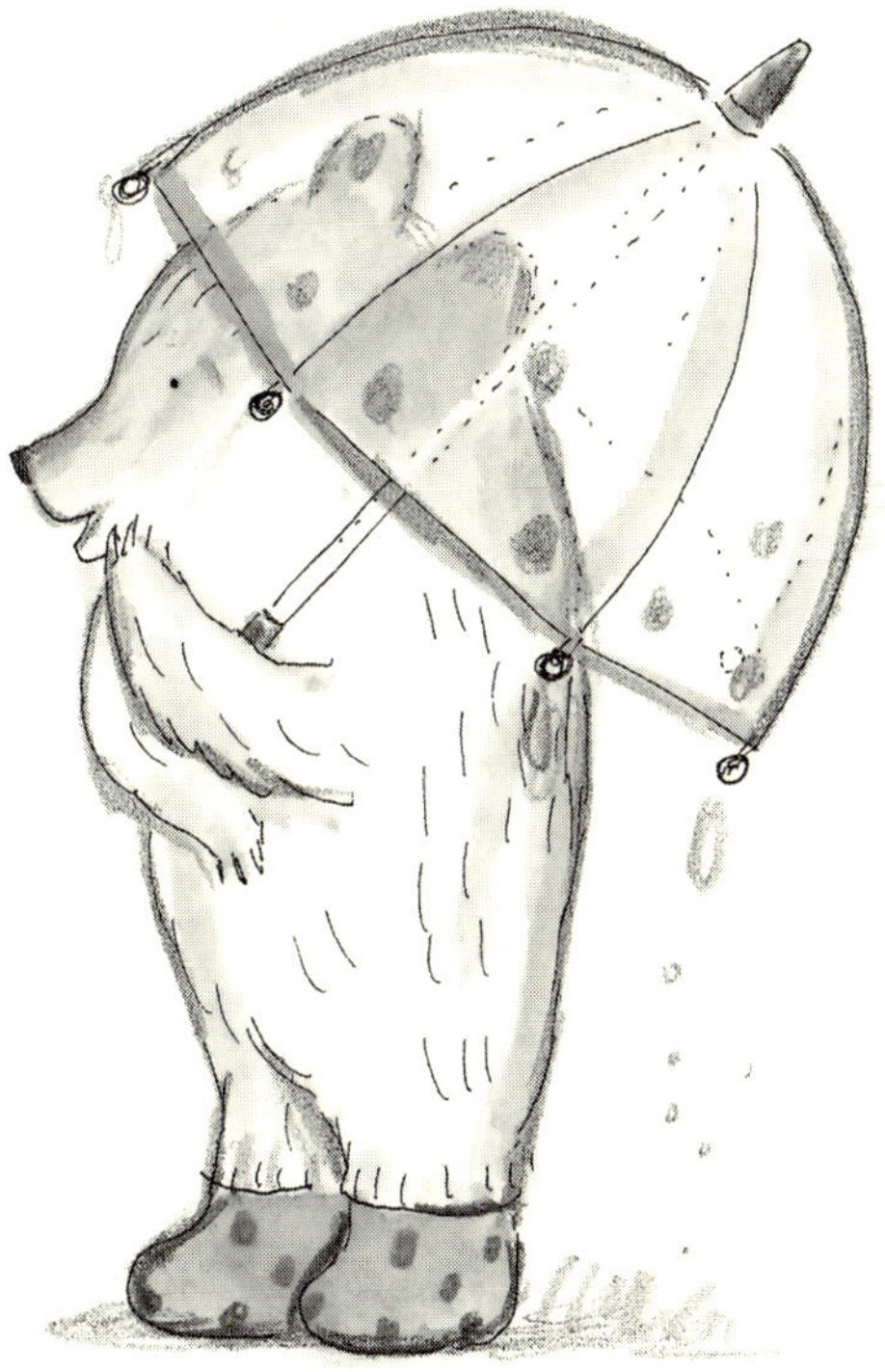

「森《もり》じゅうのクマのなかで、
マーくんだけが
レモン色《いろ》でもいいの？」
マーくんはぎょっとしました。
「そんなあ。レモン色《いろ》の
マーくんなんて、
すごくすっぱそうだよ。」
「マーくんだけが灰色《はいいろ》でも、
いいの？」
「まさか！　灰色《はいいろ》のマーくんなんて、

すごくおならがくさそうだよ。」
「マーくんだけが赤《あか》と白《しろ》のしましまでもいいの?」
「やだよ、やだよ。
赤《あか》と白《しろ》のマーくんなんて、
運動会《うんどうかい》で赤組《あかぐみ》か白組《しろぐみ》か
わかんないよ。」
マーくんはどんどん
かなしくなって、
ぐずっと鼻《はな》をすすりました。

「色《いろ》って、大切《たいせつ》なんだね。さっきは、てきとうになぐさめちゃって、ごめんね。」

「わかってくれて、ありがとう。あたし、ほんとうにほんとうに、青《あお》くなりたいのよ。」

緑《みどり》の花《はな》がなくたびに、小《ちい》さな花《はな》びらがぷるぷるとふるえます。それに合《あ》わせてマーくんのむねはきゅんきゅんし、なんとか力《ちから》になってあげたくなりました。

「青《あお》くなる方法《ほうほう》、青《あお》くなる方法《ほうほう》……。そうだ！　あじさいさん、ちょっと待《ま》っててね。」

いいことを考《かんが》えたマーくん。おおいそぎで家《いえ》へかけもどり、お絵《え》かき用《よう》の絵《え》の具《ぐ》セットから、青《あお》い絵《え》の具《ぐ》をとりだしました。それから、ちょっと考《かんが》えて、赤《あか》と白《しろ》もとりました。

ふたたび、かけ足《あし》で
あじさい畑《ばたけ》へもどると、
さっそく、じゅんびかいしです。
「あじさいさん、もうちょっと
待《ま》っててね。」
マーくんは
葉《は》っぱのパレットに、
まず、青《あお》い絵《え》の具《ぐ》をしぼりました。
これは、よく晴《は》れた空《そら》の青《あお》です。
そこに、赤《あか》と白《しろ》を
ちょっぴりたすと、たちまち、

あじさいらしい青《あお》に早《はや》がわり。

「できた！」

さっそく、筆《ふで》を使《つか》ってぺたぺたと、うすい緑《みどり》の花《はな》びらにぬってあげます。

「わーい、青《あお》だ。」

緑《みどり》の花《はな》は、おおよろこび。

「まるで、新品《しんぴん》の青《あお》いドレスを着《き》ているみたい。」

ところが、それもつかの間《ま》、絵《え》の具《ぐ》のドレスはあっという間《ま》に、雨《あめ》のしずくに洗《あら》い流《なが》されてしまったのです。

「あ、消《き》えちゃった。もう一回《かい》！」

マーくんはなんども、なんども、絵《え》の具《ぐ》をぬりなおしました。けれど、ぬっても、ぬっても、すぐに消《け》されてしまいます。

「もう！　ぜんぶ雨《あめ》に流《なが》されちゃうよ。せっかく、あじさいさんがよろこんでくれたのに……。」

マーくんの目《め》に、じわっと、なみだがうかびます。

ぽろり——最初《さいしょ》のひとつぶがこぼれると、あとからあとから、止《と》まりません。

ぽろぽろ　ぽろぽろ
ぽろぽろ　ぽろぽろ

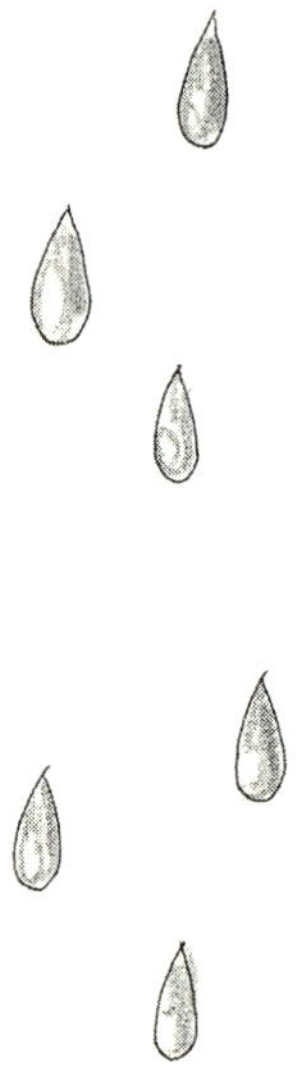

じつを言《い》うと、マーくんは森《もり》いちばんのなきむしなのです。「しくしく」の声《こえ》が気《き》になってしょうがないのは、なくってことが、ひとごとと思《おも》えないせいでした。

「うう、雨《あめ》のせいで……雨《あめ》のせいで……。」

「マーくん、なかないで。ちょっとのあいだでも青《あお》くなれて、あたし、うれしかったから。」

緑《みどり》の花《はな》になぐさめられても、マーくんはなきやみません。

まわりの青《あお》い花《はな》たちも、いまではみんな、マーくんに注目《ちゅうもく》しています。

さっきまでは、ちょっと気《き》どってしらんぷりをしていましたが、どうやら、見《み》て見《み》ぬふりができなくなったみたいです。

「もしもし、マーくん。」
と、ついに、青色《あおいろ》のひとふさが、
口《くち》を開《ひら》きました。
「その子《こ》が青《あお》くなれないのは、
雨《あめ》のせいじゃないんだよ。
むしろ、雨《あめ》のおかげで、ぼくたち
あじさいは色《いろ》を変《か》えるんだ。」
その声《こえ》をかわきりに、
「そうだ。」「そうだ。」
と、青《あお》い花《はな》たちがいっせいに
しゃべりだしました。

「ほんとよ、マーくん。土《つち》にしみこんだ雨《あめ》の水《みず》は、わたしたちのだいじなごはんなの。わたしたちは水《みず》といっしょに、土《つち》の栄養《えいよう》もすいあげて、色《いろ》を変《か》えていくの。」

「そうだよ、マーくん。水《みず》をすえばすうほど、ぼくたちはきれいな青《あお》になれるんだ。」

「つまりね、マーくん。緑《みどり》の子《こ》が青《あお》くなれないのは、雨水《あまみず》をじゅうぶんにすってないからってことよ。」

あじさいが色《いろ》を変《か》えるのは、雨水《あまみず》のおかげ。それをしったマーくんは、なくのをやめて言《い》いました。

「じゃあ、くいしんぼうほど、青《あお》くなれるってこと？」

「そうなの。あたしは、小食《しょうしょく》だから、ダメなのよ。」

そう答《こた》えたのは、緑《みどり》の花《はな》です。

「あたし、すぐにおなかがいっぱいになっちゃうし、なかなか、おなかがすかないの。だから、お水《みず》もちょっとしかすえなくて……。」

そのしおれた声《こえ》とは反対《はんたい》に、マーくんはたちまち笑顔《えがお》になりました。

「なあんだ。それなら、運動《うんどう》をすればいいんだよ。」

「え。運動《うんどう》？」

「うん、運動《うんどう》すればおなかがぺこぺこになるし、ごくごく水《みず》をすって、すぐ青《あお》くなれるよ。ぼくは、まいにち運動《うんどう》してるから、いまじゃかなりのスポーツマンだよ。」

「ほら、このとおり。」と、雨《あめ》でぬかった土《つち》の上《うえ》で、マーくんはとくいのでんぐりがえりをしてみせました。まえまわりを三回《かい》に、うしろまわりを二回《かい》。横《よこ》まわりは、まだじしんがないので、やめておきました。

急《きゅう》にはじまったでんぐりがえりに、あじさいたちは目《め》をぱちくり。でも——。

マーくんがすっくと起《お》きあがり、かっこよくポーズを決《き》めたしゅんかん、みんなはいっせいに「わっ。」とさけんだのです。

「マーくんが青《あお》くなった！」

マーくんの体《からだ》には、青《あお》い絵《え》の具《ぐ》がべったり。

どうやら、地面《じめん》にあったパレットの上《うえ》を転《ころ》がってしまったようです。

「ほんとだ、運動《うんどう》したら青《あお》くなった。」

「青《あお》いクマだ。」

「青《あお》いマーくんだ。」

くきと葉《は》っぱをせいだいにゆすって、青《あお》い花《はな》たちはだいかっさい。

緑《みどり》の花《はな》にも笑顔《えがお》がもどっています。

「ありがとう、マーくん。あたし、でんぐりがえりはできないけど、もうなかないで、今日《きょう》からまいにち、運動《うんどう》する。お水《みず》をごくごく飲《の》んで、マーくんに負《ま》けないくらい、青《あお》くなってみせるね。」

失敗《しっぱい》だらけのマーくんでしたが、きもちはとどいたみたいです。

「いち、に、いち、に。」

さっそく、いっしょうけんめい葉《は》っぱをゆすりはじめた緑《みどり》の花《はな》を見《み》て、マーくんはぽうっとなりました。かわいいな、と思《おも》ったとたん、ほっぺが熱《あつ》くなったのです。

「ああっ。」

顔《かお》を赤《あか》らめたマーくんに、青《あお》い花《はな》たちが言《い》いました。

「こんどは、赤《あか》いマーくんだ！」

2 ナメクジのなみだ

しくしく　しくしく
しくしく　しくしく
また、聞《き》こえてきます。
「ああ、気《き》になってたまらない！」
梅雨《つゆ》のあいだ、マーくんはほんとうにまいにち、おおいそがし。のんびりとでんぐりがえりもしていられません。
「ないているのは、だれですか。かなしいのは、だれですか。」

その日《ひ》も、じっとしていられずに、ごろりんジムを飛《と》びだし、森《もり》を歩《ある》きまわりました。

「ぼくです。ないているのは、ぼくですよ。」

返事《へんじ》が聞《き》こえてきたのは、大《おお》きな木《き》があるほうからです。

「ないているのは、木《き》さんですか。」

「ちがいます。木《き》にくっついたナメクジです。」

よく見《み》ると、たしかに、
木《き》のみきを小《ちい》さなナメクジがはっています。

「ナメクジさん、なんでないてるの？」

「そりゃあ、ぐるぐるまきのカラが
ないからですよ。」

「ぐるぐるまきのカラ？」

「カタツムリがもってる、アレです。」

マーくんはすぐにぴんときました。カタツムリにあって、
ナメクジにないものといえば、それはもう、ぐるぐるまきの

カラです。

「ぐるぐるまきのカラがないと、なんでかなしいんですか。」

「カタツムリにバカにされるからです。やつら、ぐるぐるまきのカラがあるってだけで、そりゃあもう、いばりくさっているんですよ。おまけに、ひきょうときてるから、おいら、木《き》のぼり競争《きょうそう》にも勝《か》てたためしがありません。」

「木《き》のぼり競争《きょうそう》？」

「雨《あめ》の日《ひ》にはおいらたち、体《からだ》がうるおって、むくむく元気《げんき》がわくんです。それで、ナメクジ対《たい》カタツムリで、木《き》のぼり競《きょう》争《そう》をするんですよ。」

へえ、とマーくんは目《め》を見《み》はりました。

「見《み》かけによらず、きみたち、スポーツマンなんだね。」

「いえいえ、カタツムリなんざ、スポーツマンのかざかみにもおけません。やつらめ、いちどだって、せいせいどうどうと勝負《しょうぶ》をしたことがないんです。すごくひきょうな手《て》を使《つか》って、おいらたちを木《き》から落《お》とすんですよ。」

「ひきょうな手《て》？」

「わざとおいらたちのまえに来《き》て、ぐるぐるまきのカラを見《み》せつけるんです。そんなことをされたら、だれだって、目《め》をまわして木《き》から落《お》っこっちまうにきまってます。」

「ええっ、それはひきょうだなあ。」
「でしょう？　マーくん、おいら、どうすりゃいいんでしょう。このままじゃもう、くやしくって、くやしくって……。」
　めそめそとなきながら、ナメクジはくやしそうに体《からだ》をよじります。その体《からだ》のやわらかいこと！　クマにはとてもまねできそうにありません。
　くねくね　くねくね
　くねくね　くねくね
　じーっとそれをながめているうちに、マーくんはいいことを思《おも》いつきました。

「ナメクジさん、いい作戦《さくせん》があるよ！　うまくいったら、ぐるぐるまきのカラがなくても、カタツムリに勝《か》てるよ。」

「ほんとですかい。」

「まずは、ぼくといっしょに来《き》て。」

マーくんがナメクジをつれていった先《さき》は、いつものごろりんジムです。

「今日《きょう》は一日《いちにち》、ここで特訓《とっくん》だ！」

おおはりきりで、コーチ役《やく》を買《か》ってでたマーくん。

はてさて、どんな作戦《さくせん》を考《かんが》えたのでしょう？

特訓《とっくん》のつぎの日《ひ》、マーくんがおなじ場所《ばしょ》へ行《い》ってみると、ナメクジがいた木《き》のほうからは、もうなき声《ごえ》がしませんでした。

「マーくん、マーくん。」

かわりに明《あか》るい声《こえ》がして、きのうのナメクジがするすると、木《き》のみきをおりてきました。

「やりやしたよ。

作戦《さくせん》だいせいこう！

おいら、はじめて、カタツムリを負《ま》かせてやりました。」

「ほんと？」

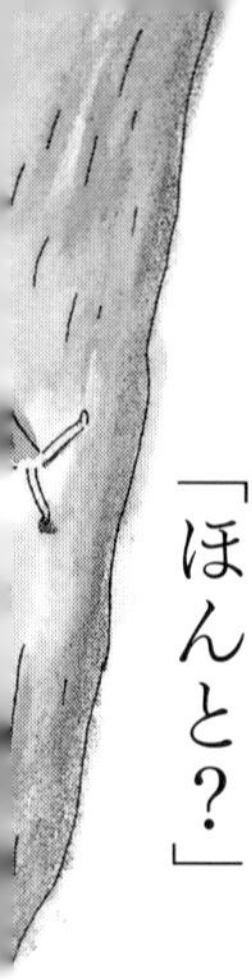

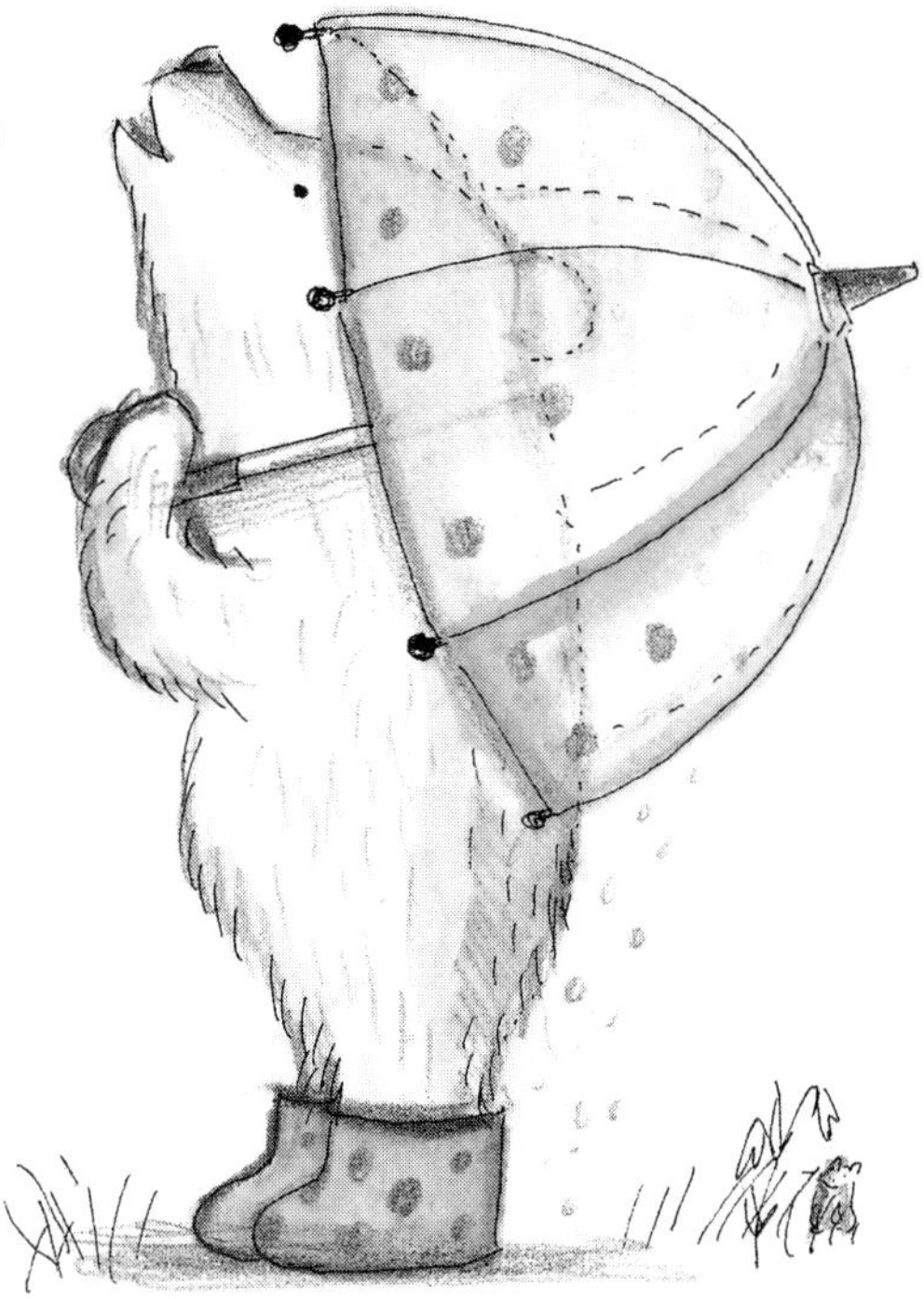

「はい。けさの木《き》のぼり競争《きょうそう》で、おいら、カタツムリからぐるぐるまきのカラを見《み》せつけられるまえに、作戦《さくせん》どおり、こいつを見《み》せつけてやったんです。」

そう言《い》うが早《はや》いか、ナメクジはくるっと体《からだ》をまるめ、でんぐりがえりをはじめました。その風《かぜ》のようなはやさといったら！

くるっくるっ　くるっくるっ

くるっくるっ　くるっくるっ

あまりにはやくて、何回転《なんかいてん》なのかも数《かぞ》えられません。まえまわりなのか、うしろまわりなのかもわかりません。

「もうわかったよ、ナメクジさん。」

と、マーくんはくらくらしながら言《い》いました。

「これじゃ、カタツムリも目《め》をまわすわけだよね。」

「はい。おいら、生《う》まれてはじめてカタツムリを木《き》から落《お》として、男《おとこ》だてらに、うれしなきをしました。ぐるぐるまきのカラが地面《じめん》に落《お》ちるポトって音《おと》、いっしょう、わすれません。」

「おめでとう、ナメクジさん。」

「マーくん、ほんとにありがとう。」

ほんとうならば男《おとこ》どうし、ここでがしっとだきあいたいところですが、ナメクジは小《ちい》さすぎるし、ぬめっとしています。しかたなく、バイバイと手《て》をふってわかれたマーくんは、ひとりになるなり、急《きゅう》に顔《かお》をきりっとさせて、かけ足《あし》になりました。

めざすは、ごろりんジムです。

「ぼくも、いちから特訓《とっくん》のやりなおしだ！」

どうやらマーくん、ナメクジにひそかなライバル心《しん》をもやしてしまったようです。

3　レイちゃんのなみだ

朝《あさ》、目《め》をさまして、マーくんは「あれ。」と思《おも》いました。

今日《きょう》は、しくしく、なき声《ごえ》が聞《き》こえません。

外《そと》へ出《で》ると、ひさしぶりに空《そら》が晴《は》れあがっています。

「わーい。おひさまだ。おひさまだ。」

マーくんはもう、おおはしゃぎ。

光《ひかり》につつまれた森《もり》をかけまわり、

なんども、なんども、

地面《じめん》に体《からだ》を転《ころ》がしました。

雨《あめ》の日《ひ》にはごろりんジムが
役《やく》にたちますが、
やっぱり、かわいた土《つち》の上《うえ》や、
ふさふさの草《くさ》の上《うえ》でする
でんぐりがえりは、かくべつです。
小鳥《ことり》たちも空《そら》から
チュンチュンとおうえんしてくれます。
ところが、はしゃぎつかれたマーくんが、
こかげでひと息《いき》ついていると、
急《きゅう》に太陽《たいよう》がかくれて、
空《そら》がくもってきたのです。

ぽつり。最初《さいしょ》のひとつぶが、マーくんの鼻《はな》の頭《あたま》をぬらします。

「あーあ、やっぱり、今日《きょう》も雨《あめ》かあ。」

しょんぼりと、ひげをたらしたマーくん。こかげで雨《あま》やどりをしているうちに、やっぱり、聞《き》こえてきました。

しくしく　しくしく

しくしく　しくしく

「ないているのは、

だれですか。」

「わたしよ。」

声《こえ》がしたのは、

マーくんの

せなかからです。

「え、ぼくのせなかがないてるの？」

あわててふりむいたマーくんですが、まさか、

そんなわけはありません。

おなじ木《き》の反対《はんたい》がわで、人間《にんげん》の女《おんな》の子《こ》が、雨《あま》やどりをして

いたのです。

「もしもし、きみはだれですか？」

「わたしは、レイ。」

「ぼくは、マーくん。レイちゃん、なんでないてるの？」

「雨《あめ》が、なわとびのじゃまをするからよ。」

赤《あか》い目《め》をしたレイちゃんの手《て》には、なわとびのなわがあります。たんぽぽみたいに黄色《きいろ》いなわです。

「らいしゅう、体育《たいいく》の時間《じかん》に、なわとびのテストがあるの。なのに、ずっと雨《あめ》がふってるせいで、ぜんぜん練習《れんしゅう》できなくて。このままじゃ、二重《にじゅう》とびができるようになれないよ。」

「二重《にじゅう》とび？」

「一回《かい》のジャンプで、なわを二回《かい》まわすワザのこと。親友《しんゆう》のふたりは、もうできるのに、わたしだけできないんだ。」

マーくんには、なわとびのことも、二重《にじゅう》とびのこともよくわかりませんが、スポーツマンのきもちはわかります。つまり、レイちゃんはなわとびの練習《れんしゅう》ができずに、くやしがっているのです。

まさにぼくの出番《でばん》だ、とマーくんは思《おも》いました。

「レイちゃん。雨《あめ》でもなわとびの練習《れんしゅう》をできる、とっておきの場所《ばしょ》があるよ。」

「え、どこに？」

「こっち、こっち。」

マーくんがレイちゃんを案内《あんない》したのは、もちろん、いつものほらあなです。ごろりんジムと名《な》づけてはいますが、ごろんごろんする以外《いがい》の運動《うんどう》だって、してもいいのです。

「わあ、広《ひろ》い。体育館《たいいくかん》みたい。ここなら雨《あめ》にぬれないし、どんなにとんでも、うるさいって、おとなにおこられないね。」

けろりとなきやんだレイちゃんは、さっそく、二重《にじゅう》とびの練習《れんしゅう》をはじめました。

ぶるん、ぶるん、ぶるん――と、何回《なんかい》かなわをまわしたあと、急《きゅう》に、ぶるるるん、と早《はや》まわしをするのです。一回《かい》のジャンプで二回《かい》もまわすのだから、それはそれは、たいへんなはやさです。それでも、なんどやってもレイちゃんの足《あし》は、とちゅうでなわにつっかかってしまいます。

マーくんは……、というと、そんなようすを横目《よこめ》にながめながら、ジムのすみっこでごろんごろんと、でんぐりがえりをしていました。

ぶるん　ごろん　ぶるん　ごろん

ぶるん　ごろん　ぶるん　ごろん

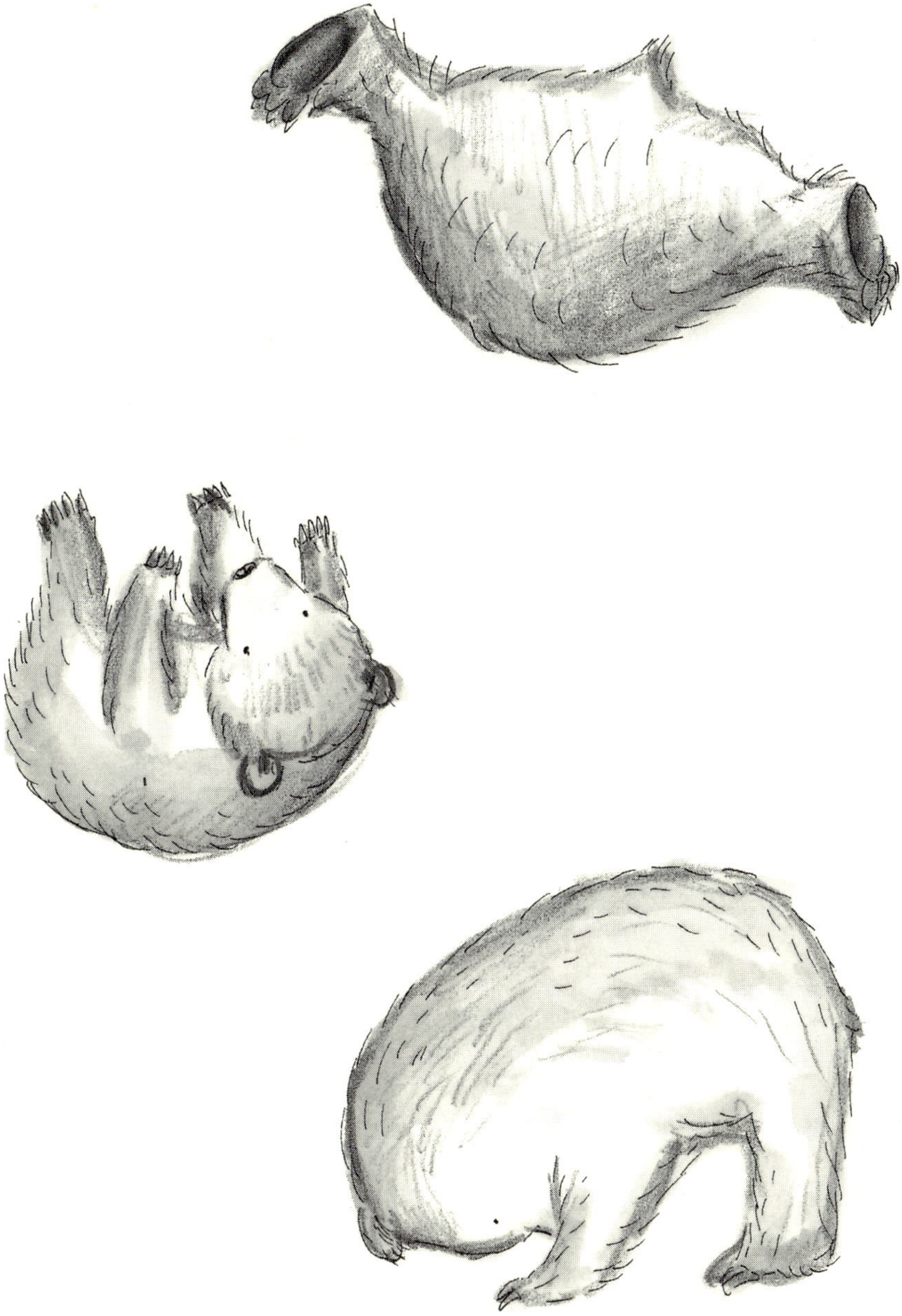

先《さき》にあきたのは、マーくんです。

「レイちゃん。よくそんなに、失敗《しっぱい》しても、失敗《しっぱい》しても、あきらめないでいられるね。ぼくなんか、横《よこ》でんぐりがえりをあきらめちゃった。横《よこ》にまわるには、クマのおしりは、どうやら大《おお》きすぎるんだ。」

「でも、マーくんには、横《よこ》でんぐりがえりができるクマのともだちなんて、いないでしょ。だから、あきらめがつくんだよ。わたしの親友《しんゆう》はふたりとも、二重《にじゅう》とびができるの。わたしだって、できるはずなんだ。」

「ふうん。そんなもんかなあ。」

「ふたりとも、わたしのまえではえんりょして、あんまり、二重《にじゅう》とびをしないんだよね。」
レイちゃんがさびしそうにつぶやくと、マーくんはもう
じっとしていられません。
「ぼくも、なわとびの練習《れんしゅう》につきあうよ！」

さっそく、森《もり》へ行《い》ってなわとびのなわにするツルをひろい、練習《れんしゅう》をはじめたマーくん。最初《さいしょ》のうちは、ツルをふんづけてばかりでしたが、続《つづ》けるうちに一回《かい》、二回《かい》と、少《すこ》しずつとべるようになりました。

「レイちゃん。これ、けっこう、つかれるね。」

「そりゃそうだよ。運動《うんどう》だもん。マーくんも、でんぐりがえりばっかりじゃ、スポーツマンって言《い》えないよ。」

「えっ、そんなあ。」

「マーくん、ふつうにとべるようになったら、つぎは二重《にじゅう》とびの練習《れんしゅう》だよ。」

「ええっ。」

レイちゃんはなかなかのスパルタ先生《せんせい》です。
「マーくん、足《あし》があがってない！」
「もっと、おなかをひっこめて！」
「そんなんじゃ、いつまでたっても
二重《にじゅう》とびができないよ！」
自分《じぶん》もまだ二重《にじゅう》とびができないくせに、
マーくんには手《て》きびしいのです。
ひっしでツルをまわしているうちに、
マーくんは息《いき》がぜいぜいしてきました。
頭《あたま》もくらくらで、足《あし》はがくがくです。
ついに力《ちから》つき、その場《ば》にへたりこんでしまいました。

「やっぱり、ぼくにはむりだよ。二重《にじゅう》とびができるクマなんか、この世《よ》にいるわけないよ。」

なきむしマーくんの目《め》には、じわりとなみだがういています。

「マーくん、なかないで。なんだって、やればできるんだから。あきらめないで続《つづ》けていれば、いつかはできるようになるよ。ね、わたしがみほんを見《み》せてあげる。」

レイちゃんが言《い》って、なわを手《て》にとりました。今日《きょう》いちばん、きあいのこもった目《め》をしています。

「やればできる、できる、できる……。」

つぶやきながら、なわをまわしはじめます。

ぶるん　ぶるん

ぶるん　ぶるん

ぶるるるるるるん！

「できた！」

「できた！」

レイちゃんとマーくんが、どうじにさけびました。ほらあなじゅうに、その声《こえ》がこだまします。

「わーい、ほんとにできた。」

「二重《にじゅう》とびができた。」

だいこうふんで、ハイタッチ。それから、ぴょんぴょん、よろこびのダンス。

はしゃぎつかれたふたりが外《そと》へ出《で》たときには、もう雨《あめ》があがっていました。

「マーくん、ありがとう。わたし、さっそく、親友《しんゆう》たちに二《に》重《じゅう》とびを見《み》せてくる！」

レイちゃんが町《まち》へ帰《かえ》ったあと、さて、マーくんがなにをしたのかというと……。

ぺたぺた　ぺたぺた

ぺたぺた　ぺたぺた

ほらあなのかべにある「ごろりんジム」の文字《もじ》を、絵《え》の具《ぐ》で、「ごろりんぶるりんジム」に書《か》きなおしたのです。

（でんぐりがえりだけじゃ、スポーツマンと言《い》えない。）

レイちゃんのひとことが、よっぽど、こたえたみたいです。

ごろりん
ぶるりん
ジム

4　空《そら》のなみだ

しくしく　しくしく
しくしく　しくしく
「ないているのは、だれですか。」
「わたしだよ。」
しくしく　しくしく
しくしく　しくしく
「かなしいのは、だれですか。」
「だから、わたしだよ。」

しくしく　しくしく
しくしく　しくしく
「どこにいるんですか。」
「だから、ここだよ。」

もう何十回《なんじっかい》も、
おなじことをくりかえしています。

なき声《ごえ》は、森《もり》にいるマーくんの頭《あたま》の上《うえ》から聞《き》こえてくるのに、見《み》あげても、だれもいないのです。

「ぼくには、空《そら》しか見《み》えません。」

「そうです、わたしは空《そら》なのです。」

「ええっ。」

これには、マーくんもびっくりです。

「空《そら》さん、なんでないてるの？」

「だってね、梅雨《つゆ》のあいだ、わたしが雨《あめ》ばかりふらすって、森《もり》のみんながおこるんです。おかげで、わたしはとんだきらわれもの。梅雨《つゆ》に雨《あめ》がふるのは、自然《しぜん》なことなのに……。」

「わかってるよ、空《そら》さん。」

まさか、空《そら》がそんなことを気《き》にしていたなんて、思《おも》いもしませんでした。梅雨《つゆ》のあいだ、いつも頭《あたま》の上《うえ》にあった雨空《あまぞら》を、はじめてほんとうに見《み》るようなきもちで、マーくんは言《い》いました。

「みんなだって、わかってるよ。雨《あめ》がふらなかったら、あじさいさんも青《あお》くなれないし、ナメクジさんも元気《げんき》が出《で》ないから、木《き》のぼり競争《きょうそう》ができない。雨《あめ》の水《みず》がなければ動物《どうぶつ》も、人間《にんげん》も、みんながこまっちゃうよ。」

「ほんとに？」

「うん。そりゃあ、雨《あめ》がふるとこまることだってあるけど、ふらないと、もっとこまっちゃう。」

「ほんとにほんとに？」

マーくんが「うん。」とうなずくと、ようやく、「しくしく。」の声《こえ》がやみました。

「ありがとう、マーくん。そう言《い》ってもらえると、わたしも雨《あめ》をふらせたかいがあります。また、らいねんもはりきって、じゃんじゃんふらすとしましょう。」

「らいねん？」

「ことしは、今日《きょう》で梅雨《つゆ》あけです。おめでとう、みなさん。」

そう言《い》って、空《そら》はにっこりわらいました。わらった顔《かお》が見《み》えたわけではありませんが、雲《くも》のあいだからのぞいた太陽《たいよう》が、ぴかっと大地《だいち》をてらすのを見《み》て、マーくんはそんな気《き》がしたのです。

「あ、空《そら》が晴《は》れていく……。」

さっきまで重《おも》くたれこめていた雲《くも》が、みるみる引《ひ》いていきます。梅雨《つゆ》のあいだ、すくすくと育《そだ》った森《もり》の緑《みどり》が、太陽《たいよう》の光《ひかり》をあびて、かがやきます。

家《いえ》にこもっていた動物《どうぶつ》たちも、つぎつぎとすがたをあらわし、みんなで「つゆあけのうた」をうたいはじめました。

つゆが　あけた
つゆが　あけた
なつが　くるよ

なつの　あとは
なつの　あとは
あきが　くるよ

そんなうたです。

もちろんマーくんも、でんぐりがえりをしながら大声《おおごえ》をはりあげ、夏《なつ》のはじまりをいっしょにおいわいしたのです。

水無月《みなづき》

June《ジューン》

6月のまめちしき

「6月」にちょっぴりくわしくなるオマケのおはなし

どうして、梅雨《つゆ》に雨《あめ》がふるの？

梅雨《つゆ》にはたくさん雨《あめ》がふります。

雨《あめ》がふると、外《そと》であそべないし、マーくんみたいに、雨《あめ》の音《おと》が、しくしくと、だれかがなく声《こえ》に聞《き》こえたら、かなしくなってしまいますね。

いったい、どうして梅雨《つゆ》には雨《あめ》がふるのでしょうか。

じつは、梅雨《つゆ》は日本《にっぽん》とそのまわりの国《くに》にしかありません。

春《はる》から夏《なつ》の変《か》わり目《め》、6月《がつ》ごろになると、日本列島《にほんれっとう》の上空《じょうくう》で、つめたい空気《くうき》とあたたかい空気《くうき》がぶつかります。ぶつかるところを、前線《ぜんせん》といいます。前線《ぜんせん》の近《ちか》くでは、雨雲《あまぐも》ができやすくなるため、梅雨《つゆ》には雨《あめ》がたくさんふるのです。

日本《にっぽん》では、春雨《はるさめ》、五月雨《さみだれ》、時雨《しぐれ》、村雨《むらさめ》、にわか雨《あめ》……と、雨《あめ》のよびかたがたくさんあります。季節《きせつ》やふりかた、すむところによって、よびかたはさまざまです。これだけ多《おお》くの名前《なまえ》があるのは、世界中《せかいじゅう》をさがしても、日《にっ》本《ぽん》だけでしょう。

なかには「天泣《てんきゅう》」という名前《なまえ》のついた雨《あめ》もあります。太陽《たいよう》が顔《かお》を出《だ》しているのに、雨《あめ》がぱらつく、天気《てんき》雨《あめ》のことをいうそうです。むかしの人《ひと》にも、空《そら》がしくしく、しくしく、ないているように見《み》えたのかもしれませんね。

一年《ねん》でいちばん日《ひ》が長《なが》い!?

毎年《まいとし》、六月《がつ》二十一日《にち》ごろ、一年《ねん》でいちばん昼《ひる》が長《なが》い「夏至《げし》」がやってきます。夜《よる》の七時《じ》くらいまで明《あか》るいので、晴《は》れていれば、たっぷりあそべます。マーくんも、横《よこ》でんぐりがえりの練習《れんしゅう》が、たくさんできることでしょう。

横《よこ》でんぐりがえりをするには、マーくんのおしりはちょっと大《おお》きすぎるようですが、こつこつ練習《れんしゅう》していれば、だいじょうぶ。きっとせいこうします。「雨《あま》だれ石《いし》をうがつ」ともいいますからね。

雨だれ石をうがつ

のきさきからしたたり落《お》ちる雨《あめ》のしずくが、長《なが》いあいだにかたい石《いし》に穴《あな》をあけるように、どりょくしつづければ、大《おお》きなことがなしとげられるということ。

ジューンブライド

日本《にっぽん》では六月《がつ》は雨《あめ》のきせつですが、ヨーロッパでは、雨《あめ》がもっともすくなく、よいお天気《てんき》が続《つづ》くため、おいわいのきせつです。

六月《がつ》のことを、英語《えいご》でジューンといいます。ギリシャ神話《しんわ》において、神《かみ》さまたちの女《じょ》王《おう》としてしられているヘラの、英語《えいご》のよびかたであるジュノーからきています。ヘラは、けっこんやしゅっさんをつかさどり、女《おんな》の人《ひと》や子《こ》どもをまもってくれるといわれています。だから、六月《がつ》の花《はな》よめ（英語《えいご》でジューンブライド）は、しあわせになるといういいつたえがあり、むかしから、けっこんしきをあげる人《ひと》がおおいのです。

森 絵都｜もり えと

1968年、東京に生まれる。早稲田大学卒業。講談社児童文学新人賞を受賞した『リズム』でデビュー、同作品で椋鳩十児童文学賞を受賞。『宇宙のみなしご』で野間児童文芸新人賞と産経児童出版文化賞ニッポン放送賞、『アーモンド入りチョコレートのワルツ』で路傍の石文学賞、『カラフル』で産経児童出版文化賞、『DIVE!!』(全4巻)で小学館児童出版文化賞、『風に舞いあがるビニールシート』で直木賞を受賞。他の作品に「にんきものの本」シリーズ、『ぼくだけのこと』『おどるカツオブシ』『永遠の出口』『いつかパラソルの下で』『ラン』『この女』『異国のおじさんを伴う』『気分上々』など。

たかおゆうこ

多摩美術大学グラフィックデザイン科卒業。玩具メーカーの企画デザイン室を経て、渡米。カリグラフィー、水彩画、銅版画などを学ぶ。絵本に『ハムスターのハモ』『ハモのクリスマス』(以上福音館書店)『もねちゃんのたからもの』(徳間書店)『プリンちゃん』『プリンちゃんとおかあさん』(作・なかがわちひろ、理論社)など、挿絵の仕事に『クリスマスのりんご』(福音館書店)『ねずみの家』『池のほとりのなかまたち』『帰ってきた船乗り人形』(以上徳間書店)など。

装丁／坂川栄治＋永井亜矢子（坂川事務所）

本文 DTP／脇田明日香

6月《がつ》のおはなし

雨《あめ》がしくしく、ふった日《ひ》は

2013年4月25日　第1刷発行

作　森《もり》 絵都《えと》

絵　たかおゆうこ

発行者　鈴木 哲

発行所　株式会社講談社

〒112-8001 東京都文京区音羽 2-12-21

電話　出版部 03-5395-3535　販売部 03-5395-3625　業務部 03-5395-3615

印刷所　共同印刷株式会社

製本所　島田製本株式会社

N.D.C.913 80p 22cm　© Eto Mori / Yuko Takao 2013 Printed in Japan　ISBN978-4-06-195742-8